Éditions Prunelle

www.editionsprunelle.com

Direction graphique : Philippe Hofstetter

Tous droits réservés © 2022 Editions Prunelle

Dépôt légal : Octobre 2022

ISBN : 978-2-38477-023-6

Loi n° 49-956 du 16 juillet 1949 sur les publications destinées à la Jeunesse

La toute petite planète Terre

Adèle Dewavrin
Illustrations de Runi

Éditions Prunelle

Il y avait une fois une planète qui rêvait
de devenir une maison.

Depuis sa naissance, elle n'avait
jamais eu que la Lune et le Soleil,
pour veiller sur elle.
Mais ils n'étaient pas très bavards
et le silence de la nébuleuse
la rendait malheureuse.

Et quand elle s'endormait le soir, elle pensait aux milliards d'astres qui peuplent l'espace mais qu'elle n'avait pas encore rencontrés.

Lasse de cette solitude, elle décida
de devenir une maison.
Elle serait la première planète
de toute la Galaxie
qui accueillerait la vie.

Elle se créa un toit pour se mettre
à l'abri des météorites, un toit d'air,
qu'on appela l'atmosphère.

Elle fabriqua une grande soupe,

dans laquelle tombèrent des comètes

qui éclatèrent en miettes.

Après cela, elle construisit
un grand jardin, avec
des fougères et de la boue
pour jouer dedans,

avec du lierre pour grimper
dessus et des fleurs à planter dessous.

Quand sa maison fut finie, la toute petite planète
devint planète Terre.

Un jour, avant l'apparition
de la vie, la planète se tourna
vers ses amis et leur demanda :
Que dois-je faire ?
Comment puis-je devenir la plus
belle maison de l'univers ?

Et la Lune dit à la Terre
qu'il faudra être belle,
qu'il faudra être mère.

La mer dit à la Terre
qu'il faudra être sûre,
qu'il faudra être
plus claire que le ciel.

Le ciel dit à
la Terre que
lui sera veilleur,

et qu'elle devra
être foyer.

Le Soleil dit à la Terre
qu'il a confiance en elle, qu'il ne
cessera jamais
de l'accompagner.

Alors, la toute petite planète
alla se coucher, en sachant
que le lendemain,
elle deviendrait monde.

Pendant la nuit, de petits
êtres vinrent se cacher
et à son réveil, elle fut
surprise de se trouver
encore un peu plus ronde.

Aux dernières lueurs du soleil,
ils sortirent de son ventre.

Les premiers qui osèrent poser
un pied à terre furent de drôles
de bulbes verts.

Ils s'installèrent dans chaque recoin de la Terre, et quand le ciel déversa sa pluie sur leur tête, ils devinrent de grands arbres fiers.

À leur tour, d'étranges bestioles sortirent
du ventre de la petite planète.

Il y en avait des très grandes et
des petites, il y en avait qui portaient
des ailes sur leur dos et d'autres
qui pouvaient respirer sous l'eau.

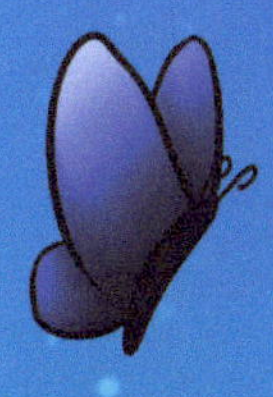

De toutes ces bestioles,
la préférée de la planète était celle qui brillait
la nuit, et qu'on appela *luciole*.

Enfin, pour finir de peupler sa terre,
arriva le tout dernier des êtres,
une espèce de petit bonhomme qui
pouvait marcher, qui pouvait nager,
qui pouvait penser et qui parlait.

Il n'était pas seul, non, ils étaient
des milliers de millions à se hisser
tout droit sur la Terre, à la parcourir
en long, en large et en travers.

Et c'est ainsi qu'en un après-midi,
la toute petite planète fit assez
de bruit et de vie pour tout l'univers.

Aujourd'hui, la planète est devenue mamie.
Elle en a vu du beau monde.

De tous ces petits bonhommes, il y en a qui sont devenus génies. Sur son sol, il s'en est passé des choses.

Il y a eu des disputes, il y a eu des ententes,
il y a même un homme qui
en a fait son tour en 80 jours.

Maintenant, dans la grande maison
de la toute petite planète, ça bouge et
ça remue à la vitesse de l'éclair.

Seulement, quand on n'y fait pas attention,
une maison ça s'abîme.

Et comme il y a toujours
des milliers de millions
de petits bonhommes
qui jouent sur la planète,
elle se fatigue.

Quand ils arrachent l'herbe de son jardin,
quand ils dessinent sur ses murs, quand ils courent
dans ses escaliers, c'est la Terre
que les petits bonhommes abîment.

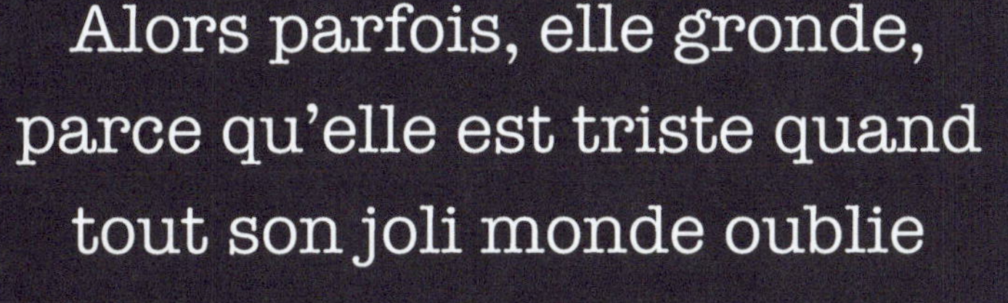

Alors parfois, elle gronde,
parce qu'elle est triste quand
tout son joli monde oublie
qu'elle aurait pu rester planète,
mais qu'elle a choisi
de devenir maison.

Il y avait une fois, une toute petite planète
qui voulait devenir une maison.
Tu l'as reconnue ? C'est ta maison.

Alors maintenant, je te confie une mission.

Celle de raconter cette histoire, pour que
tous les petits bonhommes décident ensemble
de réparer leur planète.

**L'auteure
Adèle Dewavrin,**
née dans le nord de la France,
vit aujourd'hui à Paris. Elle a
suivi des études de théâtre qui
lui ont permis de découvrir
de grands textes. Mais plus
à l'aise derrière un livre
que sur les planches, elle
s'est tournée vers l'écriture,
d'abord pour elle, puis pour les
autres. Depuis, elle invente de
belles histoires à destination
des petits et des grands…

**L'illustratrice
Runi** est une jeune
illustratrice franco-belge.
Elle a suivi un master en arts
numériques à l'académie
des Beaux-Arts de Tournai.
Elle adore conceptualiser de
nouveaux personnages et
des créatures issus d'univers
différents. Elle aime tout
particulièrement s'inspirer de
la mythologie. La toute petite
planète Terre est son premier
album publié.

*Tous nos remerciements à Renaud Savalle, ingénieur de recherche
en astrophysique au CNRS, pour ses conseils.*